가끔 섬으로 돌아가 울고 싶을 때가 있다

가끔 섬으로 돌아가 울고 싶을 때가 있다

2025년 3월 17일 초판 1쇄 인쇄
2025년 3월 25일 초판 1쇄 발행

지은이 | 문순자
펴낸이 | 孫貞順

펴낸곳 | 도서출판 작가
　　　　(03756) 서울 서대문구 북아현로6길 50
　　　　전화 | 02)365-8111~2 팩스 | 02)365-8110
　　　　이메일 | cultura@cultura.co.kr
　　　　홈페이지 | www.cultura.co.kr
　　　　등록번호 | 제13-630호(2000. 2. 9.)

편집 | 손희 김치성 설재원
디자인 | 오경은 이동홍
영업 | 박영민
관리 | 이용승

ISBN 979-11-94366-60-7 (03810)

* 이 책은 Jeju 제주특별자치도와 JFAC 제주문화예술재단 의
　'2025년 제주문화예술재단 지원사업' 후원을 받아 발간되었습니다.

값 12,000원

작가기획시선 037

가끔 섬으로 돌아가 울고 싶을 때가 있다

문순자 시조집

작가

'살다보면 알게 돼

비운다는 의미를

내가 가진 것들이

모두 꿈이었다는 것을'

감귤나무 전정을 하며

나훈아의 노래 '공'을 듣는다

2025년 봄날
문순자

차 례

시인의 말

제1부
오래된 주문처럼

제2부
곰소만 노을도 꿀꺽

제3부
한바탕 둑 터진 가슴

제4부
네 탓이다 지목하듯

제5부
멜 들었져 멜 들었져

1부
오래된 주문처럼

척후꽃

꽃송이도 벌처럼 정찰을 하는 걸까

마당 한 켠 철쭉 화분에 교대하듯 한 두 송이

이 봄날 나의 비의를 염탐하는 것만 같다

성소를 훔쳐보다

노랑턱멧새인가
곤줄박이 녀석인가
가끔은 농약도 치는 감귤나무 가지에
손녀딸 밥사발만 한 새집 하나 생겼다

몇 번의 날갯짓이 둥지를 완성했을까
이끼와 지푸라기 솜털로 차린 신방
저들의 성소를 엿보는
내 몸이 저릿하다

삐이삐 찌르찌르
밥 한술도 못 줬는데
그럼에도 탈 없이 부화를 끝냈는지
올여름 가마솥더위 달구는 저 새소리

씨앗의 힘

서울 사는 둘째가 카톡카톡 날 부른다
전시회에 왔다며 보내온 사진 한 장
"이건 뭐?"
내가 되묻자 그만 울먹거린다

오래된 주문처럼 여섯 개의 유리병엔
홍두 메밀 흑보리 자색보리 갓 참깨
코르크 마개도 못 막은
돌아가신 할머니 냄새

만지면 손가락 사이로 스르르 빠져나가는
좀팍과 푸는체로 까불리던 갯노멀 씨앗
그날 그 감촉이 그만
뇌관을 건드린 거다

귀선이

말끝마다 그쟈 그쟈?
곱슬머리 대구집 딸

쌀 사러 갈 때에도 살 팔러 간다던 그녀

한세상 살만 축내다
우린 간다 그쟈 그쟈?

초이렛달

약속 시간 늦을라 급히 집을 나서는데
저건 새로 바꾼 시원이의 드림렌즈?
한순간 빨려들듯이
내 눈에 쏙 박힌다

밤새 끼고 자면 안경 안 써도 된다는
그러니까 저 달도 고도근시였구나
이제 막 사춘기에 든
열두 살 손녀딸처럼

낮과 밤 그 언저리 세대를 건너뛴 자리
눈높이 하나로도 세상이 환해지는
가을도 네겐 봄이다
아무나 꿈꿀 수 없는

별천지

산이 깊어 그런지 별이 별을 부른다
자정을 훌쩍 넘긴 내설악 어느 절 마당
낮에 본 불사리탑이 별처럼 반짝인다

불상 하나도 없는 대웅전 들어서면
유리창 그까짓 것 장애물도 아니란 듯
창 너머 불사리탑이 여기까지 따라온다

새벽 다섯 시면 하산을 한다는데
봉정암 부처님과 뜬눈으로 지샌 별들
벗어 둔 등산화에도 독경소리 넘쳐난다

성북천

느닷없는 한파에 파도도 얼어붙었다
서울은 어떠냐고 휴대폰 꺼내든다
딸아이 거친 숨소리,
성북천을 달린단다

그 말을 듣는 순간 내 몸도 뜨거워진다
삼선교에서 청계천까지 왕복 7킬로미터
사십 분 달리고 나면
외려 살 것 같다는

팬데믹 세상 너머 젊음의 해방구처럼
반쯤 언 물속에서 사냥하는 쇠백로처럼
북극발 금속성 한파
콧김으로 녹인다

어떤 레시피

돌강돌강 돌강 15분
불 끄고 잠잠 15분

찬물에 다시 15분
그제야 건져내는

남편이 스스로 깨친
'삶은 계란'
삶는 법

설유화

제주올레 5코스 위미리 조배머들코지

늦눈처럼,

돌아앉은 할망 하르방 바위 지나

불현듯 담장 너머로

하늘하늘 날 부른다

날 부른다,

별일 없다 시치미를 떼 봐도

부부싸움은 칼로 물 베기라나 뭐라나

오늘 밤 저 할망 하르방

슬쩍 돌아앉을까 몰라

쉬잇!

쉬잇!
과수원에 도둑이 들었나봐

수왁수왁 수왁수왁
쉬었다가 다시 수왁

가을밤
정적을 깨는
담배나방 귤 먹는 소리

유턴

보안검색대 통과하면 섬을 뜨는 줄 알았다
강풍과 폭우 속에 항공기 지연 소식
때맞춰 스팸문자 같은
메시지 날아든다

[web발신]
〈전국버스공제조합 사고접수〉
스멀스멀 불안감이 휴대폰을 켜든다
앞 뒷말 다 잘라먹고
"구급차로 이송 중"

꼭 무슨 스릴러물 드라마 주인공처럼
탑승 직전 황급히 유턴하는 보안검색대
저 짧은 메시지에 갇혀
허둥대는 늦가을

제2부
곰소만 노을도 꿀꺽

곰소항

물떼새 발자국같이 경중경중 놀던 섬들

이제는 섬이 아닌 범섬 곰섬 까치섬

가끔은 섬으로 돌아가 울고 싶은 항구가 있다

부안 백합죽

수능시험 망쳐도
한 해 농사 망쳐도

더 이상 '죽 쒔다'는 말 함부로 못하겠네

딱 한 술 넘기는 순간
눈이 번쩍 뜨이네

바둑판의 고수가 바둑알을 굴리듯

한 숟갈 또 한 숟갈 입안에서 굴리네

곰소만 노을도 꿀꺽
흔적 없이 삼키네

조천 두말치물

아마 작명가의 작명은 아니지 싶다
퍼내고 또 퍼내도 그만치 차오른다
조천포 발치에 와서
썰물에나 차오른다

아침저녁 유배객들 절을 하는 연북정
무슨 죄목으로 여기까지 내몰렸을까
그 모습 훔쳐보려고
물 길러 온 순덕이

몇 번을 길었다 붓고 길었다 다시 붓고
말 한 번 못 걸어도 사랑은 사랑이다
물허벅 지는 둥 마는 둥
불배나 켜는 바다

난감하네

하마터면 산 입에 거미줄 칠 뻔했네

여행지 호텔에서 포크로 낫또를 먹다가

꼭 무슨 물귀신 심사에 걸려든 것만 같은

구슬 거울

– 장 미셸 오토니엘

구球는 어디서든 날 비추는 거울이었네
서울시립미술관 서소문 전시관 한가운데
구슬속 나를 찍다가 나를 찍는 구슬을 보네

수많은 거울 속에 대책 없이 갇혀버린
사방에서 되비치는 내 모습에 내가 놀라
그 자리 얼굴을 들고 서 있을 수 없었네

선흘곶자왈

낮에는 새들 천지 밤에는 풀벌레 천지

지향성 마이크로 저들의 소릴 채록한다

4·3 그 파일을 열듯 새가슴 쓸어내린다

필터 없이 앞 사람과 3미터 거리를 두면

가끔은 딱따구리 끌끌끌 혀 차는 소리

몇 년쯤 지나고 나면 이마저 사라질 것 같은

매화노루발꽃

눈 족은 사람에겐

눈길 한 번 주질 않네

새미오름 둘레길 칼선다리 폭포 근처

초여름 문턱에 기대어

큰냥* 하는 것만 같네

* 큰체 또는 거만한 행세를 가르키는 제주어

어느 봄날

근육은 더 늘려도 테이프는 늘리지 마라
제주농업기술센터 스포츠 테이핑 강의시간
강사의 말 한 마디가
꼭 무슨 진언 같다

일자형 테이프 두 개
30센티 15센티 길이
단무지 장무지신근 해부학적 코담배갑*
낯설은 방아쇠증후근
불러낸 저 이름들

더러는 받아 적고 더러는 흘려보내며
그러다가 툭 하고 볼펜을 떨어뜨린다
딸까닥
총을 쏠래도
당길 수 없는 봄날

* 손등 엄지 윗쪽 삼각형 테두리로 움푹 패인 공간.
  이곳에 마약을 올려두고 흡입했다고 해서 붙여진 이름

국제시장 돼지국밥

먹는 것 하나에도 시대상이 묻어난다
6·25 그 난리 통에 부산까지 피난 와서
북녘땅 고향 그리며
설렁탕 대신 먹었다는

펄펄 끓는 뚝배기에 베지근한 사골육수
눈물 반 그리움 반
게눈 감추는 수육 몇 점
남포동 돼지국밥을 제주에서 먹는다

감귤꽃 필 무렵

언제쯤 몸 풀었는지 올망졸망 대여섯 마리

목줄 없는 개 떼 같은 새소리 바람 소리

때로는 순하다가도 어느 순간 으르렁댄다

어디를 떠돌다가 우리 밭까지 흘러왔나

유치원 현장학습하듯 킁킁 코를 들이대다

감귤꽃 향기에 취해 벌렁 드러눕는 봄날

경의선 숲길

여기쯤 내려놓을까
저기쯤 내려놓을까
딸아이 직장 따라 방 얻으러 다니는 길
우연히 홍대입구역, 이쯤에 내려놓을까

경의선 숲길,
서울과 신의주를 오가는 길
간이역 불빛마저 등 돌린 분단의 길
철마의 질주 본능도 숨 고르기 하는 길

사냥감을 쫓다가 뒤돌아보는 인디언처럼
책거리 땡땡거리 나도 잠시 뒤돌아본다
처얼썩, 단풍 물결에
절로 젖는 서울 한 칸

제3부
한바탕 둑 터진 가슴

비와사폭포

때아닌 역병으로 병원도 한산하다
사나흘이 멀다하고 중환자실 따라들면
콸콸콸 산소호흡기
폭포 소리 들린다

비가 와야 폭포다, 비와사폭포란다
서귀포 악근천 상류 협곡을 끌고 와서
한바탕 둑 터진 가슴 비워내고 가는 벼랑

길어봤자 사나흘
비 그치면 도루묵인데
아프다, 아프다는 건 살아있단 반증이다
어머니 한 생애 같은
엉또폭포 울음 같은

옳거니

술 담배는 사람들만 좋아하는 게 아니었다
우듬지 감귤까지 갉아먹던 명주달팽이
밤사이
먹다 남은 맥주
컵 주위로 몰려든다

그걸 보던 남편은 거기다 한 술 더 떠
피우던 담배 한 개비 천연스레 걸쳐놓는다
옳거니
신의 한 수다
내 손에 피 안 묻히는

찰나

능히 발 뻗어도 될 천여 평 밭인데도

굳이 열차처럼 돌담레일 넘는 정오

불러도 속수무책인

저 기적汽笛의

호박꽃나팔

견월악犬月岳

달 뜨면 몸으로 짖는 견월악 정상에 섰다

저 꼭대기 송신탑 무슨 전언 받았는지

선거철 허공에 대고

대낮에도 짖어댄다

짖어댄다 분화구 같은 파라볼라 안테나

이 당 저 당 해도 괸당만 못하다는

화산섬 밥상머리송사

반박하듯 짖어댄다

고사리장마

4·3 73주년 그냥 보낼 순 없다는 듯

'꼼짝꼼짝 고사리 꼼짝' 대신 울어주는 하늘

죄 없이 떨어진 벚꽃

굽어보는 고사리

테우가 사라졌다

어쩌다 비정규직 안전펜스도 잘렸는지
이호해수욕장 심벌같이 깃발을 날리던 테우
한 마디 안내방송도 없이
수면에서 사라졌다

트로이 목마 같은 조랑말등대로 마실 갔나
십여 년 전만 해도 자리돔 뜨던 뗏목
날렵한 조형물로 남아
바람이나 낚고 있다

으름난초

삼 년 만에 왔는데
또다시 돌아가라면

어느 절 밥그릇 같은
바리메오름 들머리

한 생애
허기진 가슴
소신공양 하겠네

연화못 빗소리

아무래도 호랑이 장가를 가나보다
오락가락 빗소리 연화못에 빗소리
꽃단장 어머니 뒤를 따라가던 빗소리

"느네 아방 보나마나 새장가 가실 거여"
귀양풀이 그 심방 입을 빌린 한마디
연화못 연꽃에 피는 풀무치 울음 같은

오라동 메밀밭

가을걷이 갓 끝난 오라동 저 메밀밭
뭉턱뭉턱 잘려 나간 저 붉은 그루들이
유부도 검은머리물떼세
가녀린 발목 같다

가까이 다가가면 바람처럼 날아오르는
갯지렁이 파먹는지 연신 종종거리다
밀물 녘 조각 갯벌에
자리다툼 하던 텃새

부재

반팔에 셔츠 하나 가볍게 걸친 가을
간다 온단 말도 없이 홀연히 사라졌다
한라산 첫눈 왔다고
호들갑 떠는 사이

비문증

폭설 따라왔으니 눈 녹으면 갈 것이다
일주일에 사나흘 출근하는 새별오름
눈떠도, 눈을 감아도
아지랑이 같은 그것

그랬다, 영락없이 내 사랑도 그랬다
협착증 골다공증 그다음 온 비문증
못 다 쓴 내 시의 행간
뫼비우스의 띠로 돈다

'COVID-19 OUT' 들불축제 슬로건처럼
역병도 그리움도 제물인 양 바치면
오늘 밤 세상의 소원,
그게 축제 아닌가

엄쟁이 식겟날

배고픈 달이 떴다
오늘은 아버지 기일
제상도 본숭만숭 열 살 또래 소나놈덜
우르르 밀려갔다가 우르르 밀려온다

가위바위보 그 속에 순경 폭도 있었다
장난 끝에 숭시날까 좌불안석 어머니
기어이 외양간에 숨은 아들을 끌고 온다

초엿새 달도 지쳐 녹초가 될 그즈음
"일어낭 식게 먹으라" 애들 잠을 흔든다
적고지 떡 돗궤기적도
크다 족다 아귀다툼

울담너머 우알녘집 떡차롱 돌리고 나면
그제서야 밤바다 불빛들 재우시나
올레 끝 술 한잔 걸친
파도 소리 다녀간다

제4부
네 탓이다 지목하듯

파쇄

전정 끝난 감귤밭에 보무당당 점령군처럼

귀먹먹 파쇄기 소리 봄날을 관통한다

타타탓 타타탓탓탓 네 탓이다 지목하듯

감귤밭 멀구슬나무

머들 위에 있다고 안심하긴 이르다

"아무래도 우듬지 손대는 게 좋겠어"

울타리 칡넝쿨 걷던
남편이 한 소리 한다

이태 전 마이삭이 한쪽 어깰 채가고

그때 남은 반쪽이 눈엣가시 같은데

까치와 바람까마귀
자리다툼 하는 쉼터

사다리는커녕 중장비도 댈 수 없는

장대톱도 없으면서 번지르르한 말편치

그 불똥 태풍 또 오면
어디로 튈까 몰라

복불복

장맛비 물러나간 우리 밭은 전쟁터다
감귤나무 사이로 뻗어 나온 덩굴손들
연초록 뿔을 맞대며 백병전을 치른다

더러는 망보는지 우듬지까지 기어오른
참외 물외 애호박 얼룩무늬 수박 동메기
옆구리 수류탄마냥 대롱대롱 매달렸다

이판사판 공사판 감염병도 끼어든다
삼십삼도 땡볕 아래 마스크가 웬말이냐
대놓고 콕콕 쪼아대는 까치밥은 복수박

여름 한 철 농사는 어쩌면 복불복이다
노랑 연두 둥글둥글 차오르는 콘테나
내게는 전리품 같은 저 감귤밭짓거리

제주수선화

모슬포 바람인가
성산포 바람인가

어느 돌담길에 받아 든 금잔옥대

누구냐
향기만 남아
취한 듯 안 취한 듯

물외가 쓰다

식물은 누가 뭐래도 햇살을 따라간다
감귤밭 한 귀퉁이 물외 수박 애호박
허접한 감귤밭짓거리
천지사방 덩굴손들

이름에 물자 수水자 들면 보나마나 물푸대다
낮이면 섭씨 34도 열섬 같은 땡볕 아래
서너 번 물조리질론 감당할 재간 없는

그래서 그런 건가
물외가, 물외가 쓰다
껍질 벗겨 채로 썬 된장 양념 물외냉국
목 타는 그리움의 농도
몸으로 항변하는

목신에 기대어

풀 나무 한 그루도 존재 이유가 있다는데
남의 손에 맡겼다 다시 찾은 묵정밭
잣돌담 아카시아 둘레
여긴 그냥 덤불숲이다

장마 전에 끝내야 양배추라도 심을텐데
농지정리 한다고 읍사무소를 찾았다
'경해도 소낭 아니난 어디십디강'* 하란다

혹여 동티날까 막걸리 몇 잔 올리며
"여차저차하니 부디 정처定處를 구하소서"
끝끝내 관명이란 말
야박해서 못하겠다

* '그래도 소나무가 아니라서 불행중 다행입니다' 라는 제주어

두견이

실버케어 특화교육 수료한 그 다음날

그 나이
뙤놈 주지맙서~
뙤놈 주지맙서~ 뙤놈 주지맙서~~

노꼬메 오름 둘레길
두견이 저 울음소리

장갑의 힘

면장갑 그 위에다 고무장갑 겹쳐 낀다
웬만한 농약쯤은 갑옷으로 막아내는
감귤원 저 애물단지
깍지벌레 명주달팽이

저농약 고집하며 쳇바퀴 도는 봄날
무릎베개 어머니 머릿니 눌러 잡듯
꼼짝 마 쪽집게 간다
그 말조차 사치 같은

애기땅빈대

목숨 걸고 하는 일 아무도 막을 수 없네

섭씨 35도 타이백 감귤밭 가장자리

이름값 밥값 하느라 엉덩이 들이미네

열과를 따다, 문득

사람이나 짐승이나 식물도 매한가지다
물 먹다가 체하면 약도 없다 했는데
빗나간 태풍이 남긴
사나흘 저 물폭탄

폭염과 긴 가뭄에 목타던 타이벡 감귤
이게 웬 떡이냐 날름날름 받아먹다
폭우가 그치기도 전
쩍쩍 터진 열매들

몇 차례 열과 끝에 때늦은 여름순이 났다
저 살겠다고 못 본 척 눈감은 어미목木의 배신
물컹한 열과를 따다
그만 속이 터진다

몸말

서귀포 치유의숲에 농인들이 모였다
해먹 체험 앞두고 막대기 스트래칭 시간
온몸마 아파파파파 동시다발로 터진다

몇십 년 갇혀있다 터져 나온 소리인지
분명 아프다면서 활짝 핀 저 웃음꽃
손말도 입말도 아닌 즐거운 비명 같은

제5부
멜 들었져 멜 들었져

새별오름의 가을

"멜 들었져 멜 들었져"
"오름에 멜 들었져"

와글바글 가을 햇살
와글바글 억새 무리

그물에 걸려든 바다
윤슬로 파닥인다

고냉이찰흙

엔간한 비바람쯤 이골이 난 섬의 서쪽
옹기마을 신평리엔 연못도 항아리 같다
긴 세월 흙 파낸 자리,
고향 하늘 앉은 못물

저들은 제주점토를 고냉이찰흙이라 한다
부뚜막 기웃대다 혼쭐난 들고양이
홧김에 앙갚음하듯 싸지른 똥만 같은

그 흙으로 구웠겠다
잘 여문 이 물허벅
어쩌다 허벅장단 팽강팽강 피어나면
어머니 춤사위 따라 별자리도 휘어졌다

송악 혹은 소밥나무

올봄엔 고백 못 할 이야기가 있나 보다
일주일에 사나흘 그마저 무급휴가
오늘은 나도 너처럼 마스크를 쓰고 왔다

네 모습 바라보니 영락없는 밭갈쉐다
"워어~"하면 밭을 갈고, "어허"하면 멈춰 서던
아버지 오랜 술친구 얼룩배기 부렝이야

늙은 쉐 콩 주민 무사 말덴 허크냐?
부리망 씌워놔도 훔쳐보는 소밥나무
그 속담 저도 안다는 듯 주둥이 젖는 소야

아무렴, 살아있으니 그게 청춘 아닌가
코로나 막막한 세상 잠잠해질 무렵이면
저토록 푸르른 송악 외면하지 못하겠다

물꾸럭

사리 때 바다에 들면 친정보다 낫다며
하우스농사 틈틈이 테왁을 띄우는 그녀
냉장고 문만 열어도 갯내음 물씬하다

수심 3~4미터 할망바당 바위틈
감태와 돌미역 사이 구젱기를 따다가
물꾸럭 이게 웬 떡이냐
단숨에 나꿔챈다

"상퉁이, 상퉁이 뒈쓰라"*
외마디 비명 같은,
먹물 뿌릴 새도 없이 허공을 버둥대다
여덟 발 죽기 살기로 달라붙는 흡반들

물때는 해녀의 시간, 물숨은 목숨 같은 거
시아버지 제사상에 전리품처럼 오른 문어
몇 잔 술 거나한 그림자
파도처럼 다녀가실라

*'상투 뒤집어라' 라는 제주어. 문어는 상투가 뒤집히면 힘을 못 쓴다.

소나기

우산도 없이 후다다닥
감귤밭 훑고 간다
한 줌 햇살도 금쪽같은 극조생 감귤나무
국지성 햇살 도둑놈
잡아라, 저놈 잡아라

너븐숭이

− 애기무덤

신들이 섬을 비운 신구간 무렵이었다
느량 바람이 사는 너븐숭이 빌레왓
여남은 애기구덕만한
돌무덤 생겨났다

옴팡밧 학교 운동장 당팟 저 학살터들
죽은 어멍 젖을 빨던 아기도 이젠 세상 뜬
이 땅에 그 누가 남아 저들을 달래줄까

중얼중얼 주문처럼 자장가 불러본다
애기구덕 흔들다 끄덕끄덕 나도 졸던
4·3 땅 설룬 애기야
'자랑자랑 웡이자랑…'

분홍쥐꼬리새

어제는 하늘공원
오늘은 4·3공원

비행기로 날아 봐도
허공은 허공일 뿐

저 분홍
꼬리를 물고
꼬리에 꼬리를 물고

까짓것

브롬*도 브롬도 무슨 브롬산디사
두렁청 두렁청ᄒ게 뒈싸지는 미친 바당
요 며칠 들었다 났다 온 섬이 들락퀸다

승천 못한 이무기 마지막 몸부림처럼
흰 모살 검은 모살 뒤엉키는 이호해수욕장
까짓것 맨발걷기는 이럴 때 하는 거다

* '바람'의 제주어

2월 장마

흔들 내내 비비비 니치름 질질ᄒᆞ멍*

곤쌀 나젠 헴신디** 비 청하는 손자 녀석

아무리 그렇기로서니

고작 이틀 햇살 몇 줌

* '한달 내내 비비비 침을 질질 흘리며'의 제주어
** '유치(곤쌀) 나려 하는지' 제주어

흰진범

추분이 코앞이라 저들도 다급했나
갓 피어난 꽃송이가 학처럼 목이 길다
세 마리?
건들면 훨훨
날아오를 기세다

저렇게 저릿한데 어떻게 시월 당겼나
뱃고동 소리에도 그리움이 출렁이는
삼학도
전설에 기대
가을 안부를 건넨다

즙작뻿국

즙작뻬란 말 스곱엔 우리 아방 곱안 싯다
멩질 스시만 뒈민 모다들엉 돗추렴ᄒ던
엄쟁이 돌염전 앞피 사름덜 모다든다

앞다린 동알녘집 뒷다린 춘희삼춘
숭은 상길이네 목도래긴 우녘집 삼춘
갈리광 즙작뻬는 느량
도감ᄒ는 우리 적시

도치로 닥닥 뭇상 말치솟디 푹 솖아낭
놈삐영 패마농 ᄒ썰 제우 그것 뿐인디
온 동네 베지근ᄒ 내음살
입스곱은 니치름만 질질

양하꽃

한 보름 가을장마에 저들도 고단했나
반짝 햇살에도 몸 말리러 나왔는지
오름길 양하 자생지
쇠똥처럼 똬리 튼

인기척에 놀랐나 날름대는 혓바닥
두 갈래 혓바닥이 양하꽃을 닮았다
벌초철 빛을 등지고
젖 물리듯 피는 꽃

남들은 꽃 피기 전 캐먹어야 한다지만
피어봤자 단 하룬데 그게 무슨 대수랴
스르르 어린 꽃뱀이
새 길을 트고 있다

유리구슬 속, 즐거운 비명

이송희(시인)

1.

특정 장소에 대한 소회는 시인들의 개별적인 체험과 정
서적 상흔이 각자의 상상력과 기법, 인지 작용과 더해지면
서 재창조된다. 함께 공유하는 장소라 하더라도 주관적 체
험과 경험, 그리고 구체적 감정이 투영되어 형상화되면 그
것은 비로소 자신만의 특별한 장소로서 의미를 얻는다. 문
순자 시인은 자신이 거주하는 제주濟州라는 장소성을 반복
적으로 형상화하며 주체가 이동하는 경로를 자연스럽게
드러낸다. 시인은 비교적 순수하게 자연 그대로의 모습을
보존하고 있는 제주만의 속성과 공간, 제주어의 활용, 개
인적 정서를 공유하는 방식으로 제주에 대한 사회적·역사

81

적·서정적인 의미를 부여하며 연민과 애정, 사람에 대한 애틋한 관심을 보여준다. 문순자 시인은 제주를 삶을 구획하는 장소로서뿐만 아니라 삶의 기대와 가치와 열망의 흔적이 담겨 있는 공간에 대한 지각과 인식으로 충만한 세계를 펼친다. 그의 공간에 대한 인지는 문순자 시인이 그리는 삶의 지향과 맞닿아 있다는 점에서 그의 시를 이해하는 기본적이고도 필수적인 요소가 된다.

그러나 문순자 시인의 시가 제주의 시·공간에만 머물러 있는 것은 아니다. 시인은 제주라는 장소에 한정하지 않으면서 어느 곳에 있든 제주를 환기하며 장소를 호명한다. 삶에서 유턴U-Turn의 의미를 새기거나, 자연 훼손의 책임을 물을 때, 편안하게 일상을 공유할 때, 자신의 정체성을 찾고자 할 때 시인은 늘 자신의 성장판이 있는 제주의 말과 표정과 감정을 환기시킨다. 그 과정에는 결국 자기 자신에게로 돌아오는 '원형적인 사유와 기억'이 된 '이미지와 사람들'이 함께한다. 그런 점에서 문순자 시인에게 장소는 단순히 지리적 공간이 아니라 삶의 이미지를 만들어가는 장소이고, 사회와 소통하는 통로이면서, 여러 표정의 자신을 만나는 성찰적 공간으로 기능한다. 문순자 시인은 가급적 장소가 지닌 자연의 모습을 고스란히 인식하고 이미지로 전환하는 과정에서 자신만의 특별한 감정을 공유한다.

이러한 과정에서 만날 수 있는 문순자 시인만의 시적

전략은 현장 체험과 소소한 일상의 이미지를 자연의 언어로 재현해 내는 안목과 기술에 있다. 시인의 언어는 난해한 기법으로 무장되어 있지 않으며, 과도한 비유나 사치가 없다. 문순자 시인은 "목숨 걸고 하는 일 아무도 막을 수 없"지만 "이름값 밥값 하느라 엉덩일 들이"(애기땅빈대) 밀 수밖에 없는 삶의 고단함을, "그 불똥 태풍 또 오면/ 어디로 튈까 몰라"(「감귤밭 멀구슬나무」) 걱정하면서도 감귤 농사를 지어야 하는 숙명을 진솔하게 이야기한다. 전쟁의 소용돌이에 무고하게 희생된 어린 영가를 애도하는 「너븐숭이-애기무덤」, "몇 년쯤 지나고 나면 이마저 사라질 것 같은"(「선흘곶자왈」) 자연의 소리를 받아 적는 이들의 풍경, 정치인들의 선거유세를 개소리에 비유한 「견월악犬月岳」 등 문순자의 언어는 어느 곳에서도 만날 수 있는 삶의 자국이다. 걱정과 슬픔으로 충만한 현실, 불안한 이 길에서 살기(살아남기) 위해, 안간힘을 쓰는 이들의 비명을 받아 적는다.

2

보안검색대 통과하면 섬을 뜨는 줄 알았다
강풍과 폭우 속에 항공기 지연 소식
때맞춰 스팸문자 같은
메시지 날아든다

[web발신]
〈전국버스공제조합 사고접수〉
스멀스멀 불안감이 휴대폰을 켜든다
앞 뒷말 다 잘라먹고
"구급차로 이송 중"

꼭 무슨 스릴러물 드라마 주인공처럼
탑승 직전 황급히 유턴하는 보안검색대
저 짧은 메시지에 갇혀
허둥대는 늦가을

-「유턴」전문

    우리는 종종 닥쳐올 불행의 그림자를 피하기 위해 유턴을 선택할 수밖에 없는 상황에 놓이곤 한다. 직진을 하게 되면 죽거나 다칠 수 있으므로 방향을 돌려 뒤로 가야 하는 것인데, 유턴을 결정하는 것은 쉬운 일이 아니다. 순간의 판단과 선택이 향후 일어나게 될 위험을 막기도 하지만 일어나지도 않을 일을 미리 걱정하여 시간을 허비할 수도 있기 때문이다. 그러나 살다 보면 우리는 종종 뒷걸음질 칠 때가 필요하다. 보이지 않는 곳에서 알 수 없는 사고의 위험이 항상 도사리고 있음을 간과할 수 없는 일이다. 섬에서 거주하는 시인이 대륙과 연결된 육지로 이동하는 주요 교통수단은 비행기다. "보안검색대 통과하면 섬을 뜨는 줄 알았"던 주체는 "강풍과 폭우 속에 항공기 지연 소식"을 듣는다. "때맞춰 스팸문자 같은 메시지 날아오"고, 탑승객들은 "꼭 무슨 스릴러물 드라마 주인공처럼" "탑승 직전 황급히" 보안검색대에서 유턴한다.

시인은 늦가을을 배경으로 깔며 [web발신]으로 날아든 재난 문자에 허둥대는 사람들을 묘사한다. 늦가을은 추수가 끝나가고 겨울을 앞둔 계절로, 봄·여름·가을 동안 열심히 일한 결과를 거둬들이고 이제 '잠들 수 있는 겨울'을 앞둔 시기이다. 그런데 늦가을에 유턴을 했다는 것은 휴식 없는 삶이 계속 반복된다는 것을 의미하기도 한다. 제 시간에 출발을 하든 유턴을 하든 고달픈 것은 매한가지이지만, 자연은 강풍과 폭우를 동반하며 좀처럼 휴식을 허락하지 않는다. "보안검색대를 통과하면 섬을 뜨는 줄 알았다"는 주체의 말에는 지리멸렬한 섬(일상)에서 벗어나고 싶다는 어조가 담겨 있다. 강풍과 폭우 속에 항공기가 운항했다면 사고가 났을지 모른다. 쉬더라도 이 섬에서 쉬어야 한다는 의미가 된다. 보안保安은 말 그대로 안전을 유지한다는 의미가 있다. 안전한지 안전하지 않은지 확실하게 찾아내는 곳이 보안검색대. 주체는 안전하다고 통과 받았지만 '문명의 이기利器'와 '대자연의 기후氣候'는 주체에게 안전하지 않음을 통보한다. 시인은 늘 불안과 두려움 속에서 살아가면서도 불가피한 상황을 읽어내고 받아들여야

85

하는 선택적 순간에 대해 이야기하려는 듯하다. 유턴은 안전한 운항을 위한 아주 잠깐의 양보로써 생존을 위한 영특한 처세가 아닐까. 유턴하면서 우리가 놓치고 있는 것들을 비로소 알게 될 수 있지 않을까.

> 구球는 어디서든 날 비추는 거울이었네
> 서울시립미술관 서소문 전시관 한가운데
> 구슬 속 나를 찍다가 나를 찍는 구슬을 보네
>
> 수많은 거울 속에 대책 없이 갇혀버린
> 사방에서 되비치는 내 모습에 내가 놀라
> 그 자리 얼굴을 들고 서 있을 수 없었네
>   ―「구슬 거울 ―장 미셸 오토니엘」 전문

'구球'에는 구슬 혹은 공같이 둥글게 생긴 원형의 물체라는 의미가 있다. 주체는 어느 방향에서도 같은 모양인 구球가 "어디서든 날 비추는 거울이었"음을 고백하며, 서울시립미술관에 전시된 장 미셸 오토니엘의 작품 앞에 선 자신을 마주한다. "구슬 속 나를 찍다가 나를 찍는 구슬을 보"는 장면은 곧 "수많은 거울 속에 대책 없이 갇혀버린" 것 같은 난감한 상황으로 번지며 오히려 "사방에서 되비치는" 모습에 놀라는 장면으로 확장된다. 주체는 더 이상 "얼굴을 들고 서 있을 수 없었"다고 고백하는데, 이 부분은 시

인이 구슬 거울을 통해 성찰과 반성을 유도하는 핵심적인 대목이다. 이 구슬 거울에 비친 존재의 의미를 이해하려면 인다라망因陀羅網(산스크리트어: इन्द्रजाल)을 언급해 볼 수 있다. 인다라망은 불교의 신적 존재 가운데 하나인 인다라 Indra, 즉 제석천帝釋天의 궁전 위에 끝없이 펼쳐진 그물을 지칭한다. 이 그물에는 둥근 보배 구슬이 매달려 있고, 한 구슬은 또 다른 모든 구슬을 비춰준다. 그 구슬은 동시에 다른 모든 구슬에 거듭하여 비춰주는 관계가 끝없이 펼쳐진다. 『화엄경』에서는 인다라망의 구슬들이 서로를 비추어 끝이 없는 것처럼 법계法界의 일체 현상도 끝없이 서로 관계를 맺으며 연기緣起한 것이어서 서로에게 아무런 장애가 없다고 설명한다. 결국 유리구슬은 "이것이 있기 때문에 저것이 있고, 이것이 일어나기 때문에 저것이 일어난다"는 연기적緣起的인 우주의 섭리를 품고 있다. 즉 모든 존재는 상호의존적이고 유기적으로 연결되어 있다는 깨우침이 여기에 있다.

여기서 중요한 것은 세상을 대하는 태도가 곧 자기 자신을 대하는 태도라는 점이다. 사방에서 나를 있는 그대로 되비치고 있는 모습에 놀라면서, 자기 모습을 제대로 볼 수가 없는 상황은 비로소 자기 자신을 성찰할 수 있게 되었음을 보여준다. 거울의 기본적인 상징은 '자아 성찰'이다. 자기 모습을 직관할 수 있는 것은 거울이 있기 때문인데, 세상은 마치 자신을 비춰주는 거울과 같은 역할을 해

주고 있다. 누가 자신을 지켜보든 지켜보지 않든 항상 바르게 살기 위해 노력하는 태도가 중요하다는 의미가 이 시의 기저에 깔려 있다. 『도덕경』에 등장하는 '천망회회소이불실天網恢恢疎而不失'이라는 말에는 하늘의 그물은 성긴 듯하나 그 무엇도 놓치지 않는다는 의미가 담겨 있다. 자신이 아무리 하늘을 속이고 사람을 속였다고 자부해도 자신이 저지른 과오나 실수에 대한 응당의 대가는 반드시 받게되어 있다. 세상은 철저한 인과因果의 법칙에 의해 돌아간다. 자신의 몸을 대하듯 세상을 소중하고 가치 있게 대해야 한다는 숨겨진 전언을 거울 속 자신을 보는 과정에서 깨달아 가는 것이다.

　　때아닌 역병으로 병원도 한산하다
　　사나흘이 멀다 하고 중환자실 따라들면
　　콸콸콸 산소호흡기
　　폭포 소리 들린다

　　비가 와야 폭포다, 비와사폭포란다
　　서귀포 악근천 상류 협곡을 끌고 와서
　　한바탕 뚝 터진 가슴 비워내고 가는 벼랑

　　길어봤자 사나흘
　　비 그치면 도루묵인데

아프다, 아프다는 건 살아있단 반증이다
어머니 한 생애 같은
엉또폭포 울음 같은

            -「비와사폭포」전문

죽으면 육신의 쾌락과 고통이 일체 사라진다고 믿는다.
이 시에서 폭포 소리에 비유되는 울음은 어머니의 한 생애
와 오버랩되면서 아파서 나오는 소리에 은유된다. 울음은
소리를 동반하기도 하지만 속울음처럼 소리를 동반하지
않을 수도 있다. 폭포 소리가 주체에게 울음소리와 같이
인지된 것은 고통 속에서 살아온 어머니의 생이 여전히 주
체의 눈에 선명하기 때문이다. 아마도 주체의 어머니는 첫
수에 등장하는 바와 같이, 중환자실에서 산소호흡기를 한
채 온몸으로 아픔을 감내하고 있었을지 모른다. '비와사폭
포'는 비가 와야 빗물이 모여 쏟아지는 폭포가 된다고 한
다. "서귀포 악근천 상류 협곡을 끌고 와서/ 한바탕 뚝 터
진 가슴 비워내고 가는 벼랑"인 그것은 많은 비와 함께 내
면의 맺힌 설움과 답답한 심정을 쏟아내는 상징으로 기능
한다. 엉또폭포라고도 하는 이것은 비가 그치면 폭포도 감
춰지게 되는데, 마치 울음이 그친 이 상황은 고통이 사라
진 상태로 산소호흡기를 뗀 것처럼 살아남을 길이 막막한
상황이 되었음을 환기한다.
　"길어봤자 사나흘"인 중환자의 삶을 비가 와야 폭포라

는 비와사폭포에 비유하면서 시인은 폭포 소리는 사람을 살리는 산소호흡기 같은 존재임을 확인한다. 살아있으니 아프기도 하지만, '아프다'는 소리조차 없으면 그야말로 죽은 것이 된다. 따라서 "아프다, 아프다는 건 살아있단 반증"으로, 삶에 있어서 고통은 숙명이므로 그것을 벗어나려고 애쓰기보다 담담하게 받아들여야 한다는 의미를 생각하게 한다. 쇼펜하우어는 "현명한 사람은 고통이 없기를 바랄 뿐 쾌락을 원하지 않는다"고 했다. 그러나 삶은 고통의 연속이다. 그러므로 진정으로 행복한 사람은 고통을 잘 견뎌 내면서 하루하루를 묵묵히 살아가는 사람일 수밖에 없다고 언급한다. 그렇게 고통과 근심을 받아들이는 과정에서 사람은 더욱 성장하고 성숙해지며, 사는 게 그렇게 쉽지 않다는 것을 알게 될 때, 자신의 삶을 비롯하여 자신이 가지고 있는 모든 것을 아끼고 사랑하게 된다.

아마 작명가의 작명은 아니지 싶다
퍼내고 또 퍼내도 그만치 차오른다
조천포 발치에 와서
썰물에나 차오른다

아침저녁 유배객들 절을 하는 연북정
무슨 죄목으로 여기까지 내몰렸을까
그 모습 훔쳐보려고

물 길러 온 순덕이

몇 번을 길었다 붓고 길었다 다시 붓고
말 한 번 못 걸어도 사랑은 사랑이다
물허벅 지는 둥 마는 둥
불배나 켜는 바다

―「조천 두말치물」 전문

  제주도의 조천읍에 있는 두말치는 마을 사람들의 식수
를 해결해 주는 곳이었다. '두 말 정도의 곡식이 드는 크기
의 솥. 또는 그 솥에 가득한 밥'이라는 의미를 품은 두말치
라는 이름에 걸맞게 이곳은 물을 "퍼내고 또 퍼내도 그만
치 차오"르는 곳이다. 또한 이곳은 바닷물이 빠져나갈 때
오히려 물이 차오르는 곳인데, 주체는 퍼내도 퍼내도 차오
르는 이 모양을 사랑이라고 이해한다. 물이 마르지 않는
두말치 물은 가족을 먹이고 씻기고 작물도 자라게 하는 어
머니의 젖줄이며 생명이며 사랑이다. '사랑'의 어원은 한
자어 사량思量에서 찾아볼 수도 있고 "사람이 사람을 생각
하는 마음"이라는 주장도 있으나, 또 다른 어원은 사랑의
'사'가 동서남북, 사방四方을 뜻하며, '랑'은 앞말과 뒷말을
연결하는 접속조사로 '사방을 모두 이어준다'는 뜻을 갖고
있기도 하다. 이를테면, 모든 걸 숨 쉬고 살아갈 수 있게 소
통하고 연결하는 것이 사랑이다. 물은 모든 것을 품고 살

리는 역할을 한다. 조천읍에 살고 있는 제주 도민들에게 물은 생존이면서 결국 사랑이었던 것이다. 두말치 물 한쪽에 물허벅을 메고 물을 뜨러 온 제주 여성의 석상이 두물치의 과거와 현재를 잇고 있다.

3.

낮에는 새들 천지 밤에는 풀벌레 천지

지향성 마이크로 저들의 소릴 채록한다

4·3 그 파일을 열듯 새가슴 쏟아내린다

필터 없이 앞 사람과 3미터 거리를 두면

가끔은 딱따구리 끌끌끌 혀 차는 소리

몇 년쯤 지나고 나면 이마저 사라질 것 같은
                                    -「선흘곶자왈」전문

선흘곶자왈은 유네스코가 지정한 세계 자연유산이자 람사르 습지 도시로, 2019년 동물테마파크 논란으로 소란

스러웠던 곳이다. 하지만 선흘리 주민 일동이 이곳에 제주동물테마파크 조성 사업을 중단하라고 성명을 발표하는 등 갈등이 심해지면서, 곶자왈 훼손과 생태계 파괴에 대한 우려의 목소리가 커지고 있다. 곶자왈은 제주어로 숲을 뜻하는 '곶'과 나무와 덩굴식물 등이 마구 엉클어져 어수선하게 된 곳이라는 의미의 '자왈'이 합쳐진 단어라 한다. "낮에는 새들 천지 밤에는 풀벌레 천지"인 이곳에서 주체가 "마이크로 저들의 소릴 채록한다"는 것은 몇 년이 지나면 사라질지도 모르는 멸종위기 혹은 희귀 동물들의 소리라도 기록해 놓으려는 의도가 아닐까. "필터 없이 앞 사람과 3미터 거리를 두면// 가끔은 딱따구리 끌끌끌 혀 차는 소리"도 들리는데, 이 소리의 생명이 생태계의 위기 속에서 얼마나 버티고 견뎌줄지 알 수 없는 상황이다. 산업혁명 이후 지구의 온난화 현상은 가속화되고 이러한 기후변화의 원인을 인간이 사용하는 화석연료와 숲의 황폐화로 인한 온실가스 농도의 증가라고 지적하고 있다. 길어지는 가뭄과 홍수, 해수면 상승, 지진과 해일 등의 이상 현상은 세계 곳곳에서 빈번하게 일어나고 있다.

기후 위기의 대안으로 습지는 중요한 역할을 하고 있지만 인간의 이기심 때문에 자연을 무리하게 개발한 대가로 결국 인간을 죽이는 모양이 되고 말았다. 또한 선흘곶자왈의 동백동산에는 4·3 항쟁 당시에 주민들이 숨어 지냈다는 천연동굴 도틀굴이 있어 역사적으로도 중요한 장소다.

이러한 의미가 보존되어야 할 자연(장소)을 개발을 목적으로 훼손해 버리면 역사의 증언은 물론 이곳에서 살아가는 멸종 위기종들을 지켜내기 어렵게 된다. 선흘 지역의 경우는 멸종위기의 동·식물과 수서곤충과 수서식물, 양서류와 파충류 등의 서식지로써 특별한 관리를 통해 보호받아야 할 장소로서의 의미를 지닌다. 갈수록 양적 관광에만 집중하여 자연스러움을 파괴하고 인위적인 형태로 관광지를 조성하려는 인간의 이기심과 만행을 선흘곶자왈의 아름다운 풍경에 대한 묘사를 통해 에둘러 비판하고 있는 것으로 보인다.

> 달 뜨면 몸으로 짖는 견월악 정상에 섰다
>
> 저 꼭대기 송신탑 무슨 전언 받았는지
>
> 선거철 허공에 대고
>
> 대낮에도 짖어댄다
>
>
> 짖어댄다 분화구 같은 파라볼라 안테나
>
> 이 당 저 당 해도 괸당만 못하다는

화산섬 밥상머리송사

반박하듯 짖어댄다

－「견월악犬月岳」 전문

　견월악犬月岳은 제주시 용광동에 위치한 산으로, 제주어
로는 개오리오름이라 한다. 오름의 모습이 가오리를 닮아
가오리오름이라고도 불린다. 풍수지리에 의하면 개가 달
을 보고 짖는 형국으로 동쪽에서 보면 개가 머리를 쳐들고
짖는 모양과 유사하다 하여 개월오름이라고 했다는 설이
있다. 시인은 '견월악'이라는 이름과 전설을 바탕으로 선
거철 투표를 독려하며 유세하는 후보들의 모습을 개 짖는
소리에 빗대어 표현하고 있다. 공영방송 송신탑을 연상하
게 하는 풍경도 풍자적인 요소 중 하나로 기능하는데, 후
보들은 자신을 뽑아 달라고 허공에 대고 짖어대고 있는 것
이다. 진정 제주도민들의 삶은 안중에도 없고 자기들 잇속
이나 챙기고자 하는 인간들이 나와서 개 짖는 소리나 하고
있으니, 분노가 치미는 상황이다.
　"화산섬 밥상머리송사/ 반박하듯 짖어댄다"는 부분은
밥상머리에서 치고박고 언쟁 높이고 싸우는 모습을 묘사
한 대목이다. 그러나 주체는 "이 당 저 당 해도 괸당만 못하
다는" 것을 이미 안다. 괸당은 서로 사랑하는 관계인 혈족

이나 친족을 가리키는 제주 방언이다. 결국 어느 당도 나의 혈육만큼은 못하다는 것을 의미한다. 우리는 최악最惡을 피하기 위해 궁여지책으로 차악次惡이라도 뽑아야 하는 게 선거(투표)라는 말을 곧잘 한다. 제주도민들의 어려움과 불편을 접수하지도 않고, 이들의 다양한 요구나 건의 사항을 제대로 듣지도 않으면서 지키지도 않을 공약만 내세우며 선거철만 되면 뽑아달라고 굽신거리는 이들의 신뢰가 바닥을 치고 있다. 막상 당선되면 제주도민 위에 군림하려 들거나 자신의 권리만 취하려는 정치인들을 많이 보아왔기에 그들의 선거유세가 허공에 대고 짖어대는 개소리에 불과하다는 것을 드러내놓고 비판할 수 있는 것이다.

신들이 섬을 비운 신구간 무렵이었다
느량 바람이 사는 너븐숭이 빌레왓
여남은 애기구덕만한
돌무덤 생겨났다

옴팡밧 학교 운동장 당팟 저 학살터들
죽은 어멍 젖을 빨던 아기도 이젠 세상 뜬
이 땅에 그 누가 남아 저들을 달래줄까

중얼중얼 주문처럼 자장가 불러본다
애기구덕 흔들다 끄덕끄덕 나도 졸던

4·3 땅 설룬 애기야

'자랑자랑 웡이자랑…'

－「너븐숭이 － 애기무덤」 전문

4·3 항쟁 때 자행되었던 무자비한 학살과 부끄러운 역사의 현장 중 하나는 애기무덤이 있는 너븐숭이다. 나라가 남북으로 나뉘고 동족상잔의 비극이 시작되면서 아무 죄 없는 아이들이 영문도 모른 채 무고하게 희생되었다. 전쟁은 정치인들이 일으키고 전쟁에서 죽어 나가는 자들은 그 나라의 젊은이들이거나 사회적 약자들이다. 제주 4·3은 아무짝에도 쓸모없는 이데올로기의 대립과 갈등이 낳은 민족의 비극을 보여준다. 소모적인 사상 논쟁으로 인해 무고한 자들의 희생이 수도 없이 많았는데, 문제는 그 당시에 있었던 이데올로기의 대립이 아직까지도 이어지고 있다는 것이다. 무엇보다도 남북 분단을 악용하는 비인간적인 이들이 많다는 것이 문제다. 서로의 생각이 다르고 가치관과 신념이 달라 싸울 수는 있지만 넘지 말아야 할 선線이 있으며 우리는 그 선線을 지켜야 한다. 자신과 다른 신념과 가치관과 사상을 갖고 있는 사람도 선線을 지켜가며 싸우고 타협하고 조정하며 협상해야 그것이 민주주의다.

독재사회에서는 억울한 죽음과 무고한 희생이 뒤따를 수밖에 없다. 독재자에게 반反하면 가차 없이 처형되기 때문이다. 민주주의는 국민들의 피와 땀, 눈물로 지켜내는 것이다. 함께 살아가는 공존의 기술이야말로 민주주의의 기본 정신인데, 이념 논쟁을 하는 이들에게 공존이란 없었다. 지금도 수단과 방법을 가리지 않고 자신의 정적政敵이라고 여겨지는 자들을 가차 없이 제거하려는 자들이 외쳐대는 민주주의는 진정한 민주주의가 아닌 독재(자)와 다름없다. 독재에 항거하며 끊임없이 민주화 운동에 앞장섰던 이들의 희생을 기억해야 한다. 그것이야말로 이 시대 민주 정신을 회복하는 일이 될 것이며, 역사를 기억하는 길이 될 것이다. 문학으로의 소통 또한 우리가 언어로 실천하고 역사를 기억하는 한 방식이다.

4.

전정 끝난 감귤밭에 보무당당 점령군처럼

귀먹먹 파쇄기 소리 봄날을 관통한다

타타탓 타타탓탓탓 네 탓이다 지목하듯
— 「파쇄」 전문

가지치기가 끝난 감귤밭에 점령군처럼 파쇄기 소리가 관통한다. 파쇄기는 고체를 잘게 부수는 기계인데, 감귤 농사를 짓는 주체는 가지치기를 한 감귤밭의 가지들을 파쇄기에 넣고 부스러뜨리는 장면을 담은 듯하다. 그러나 이 시에서의 미학은 감귤이 잘 열리게 하기 위해서 전정剪定을 하는 것인데, 그 소리가 마치 자신을 원망하는 것 같이 들린다는 점에 있다. 실은 전정과 같은 이 모든 과정이 인간을 위해 감귤밭의 가지가 희생하는 것인데, 시인은 파쇄되어 가는 순간을 식물의 입장에서 담아내며 유머와 해학을 동반하고 있다. 식물의 겉모양을 고르게 하고 웃자람을 막으며 과실나무의 과실 생산을 늘리기 위해 곁가지 따위를 자르는 전정의 행위가 마치 "타타탓 타타탓탓탓 네 탓이다"라고 지목하듯 들린다는 부분에 이 시의 매력적 의미가 살아있음을 느낀다.

장맛비 물러나간 우리 밭은 전쟁터다
감귤나무 사이로 뻗어 나온 덩굴손들
연초록 뿔을 맞대며 백병전을 치른다

더러는 망보는지 우듬지까지 기어오른
참외 물외 애호박 얼룩무늬 수박 동메기
옆구리 수류탄마냥 대롱대롱 매달렸다

이판사판 공사판 감염병도 끼어든다
삼십삼도 땡볕 아래 마스크가 웬말이냐
대놓고 콕콕 쪼아대는 까치밥은 복수박

여름 한 철 농사는 어쩌면 복불복이다

노랑연두 둥글둥글 차오르는 콘테나

내게는 전리품 같은 저 감귤밭 짓거리

- 「복불복」 전문

19세기부터 사용했다는 복불복福不福이라는 낱말의 의미는 복분福分의 좋고 좋지 않음이란 뜻으로 사람의 운수를 이르는 말이다. 장마나 태풍, 폭우와 폭설 등의 기상현상은 대부분 제주도로부터 시작되어 내륙으로 올라온다. 감귤 농사를 짓는 마음이 편하지 않은 이유다. 이 시에서는 장마가 그 이유로 등장한다. "장맛비 물러나간 우리 밭은 전쟁터" 같다. 잡초들도 살기 위해 덩굴손을 뻗어서 어떻게든 감귤나무에 매달리려 한다. "더러는 망보는지 우듬지까지 기어오른/ 참외 물외 애호박 얼룩무늬 수박 동메기/ 옆구리 수류탄마냥 대롱대롱 매달렸"는데, 특히 여름은 모든 생명이 치고받고 싸우는 생존경쟁의 각축장이라 그 모양이 더 전쟁터 같을 수밖에 없다. 설상가상으로 "이판사판 공사판 감염병도 끼어"드는 아수라장이 펼쳐진다. 여름에 살아남지 못하면 가을에 결실을 맺을 수 없기 때문이다. 그래서 여름 한 철 농사는 복불복이라고 한다. 자기가 아무리 애써 노력한다 해도 자연이 이를 허락하지 않으면 가을에 결실을 맺기가 어려워질 수 있다. 농사지으며 사는 삶은 복불복이어서 늘 조마조마한 것이 아니겠는가.
복불복이란 말 속에는 인위적으로 어쩔 수 없는 숙명이라
는 안타까운 정서가 담겨 있음을 알 수 있다.

> 몇 차례 열과 끝에 때늦은 여름순이 났다
> 저 살겠다고 못 본 척 눈감은 어미목木의 배신
> 물컹한 열과를 따다
> 그만 속이 터진다
>
> — 「열과를 따다, 문득」 부분

　문순자 시인의 시에는 태풍과 가뭄 등과 같은 기후 현
상에 의해 영향을 받는 감귤 농사가 부쩍 많이 등장한다.
시인의 체험적 사유와 경험지식을 바탕으로 한 시적 진술
과 묘사를 통해 개별적인 영역이 아닌, 공적 영역으로 확
장된다. 이 시 역시 "폭염과 긴 가뭄에 목타던 타이벡 감
귤"에 대한 걱정으로 충만한 시적 주체의 아픈 심정을 열
과裂果를 따는 과정으로 드러낸다. 어미목木은 찢어진 열
매들에 더 이상 양분을 주지 않아서 이미 열과가 된 과일
은 더 물컹해질 수밖에 없다. 가망이 없으면 가차 없이 버
리고 새로운 순을 내서 열매를 맺게 하는데, 주체는 속상
한 마음에 "저 살겠다고 못 본 척 눈감은 어미목木의 배신"
으로 읽게 되는 것이다. 그러나 자연도 효율을 따진다는
것을 주체도 안다. 번식할 수 있는 열매를 맺게 하려고 나

무도 애를 쓰며 에너지를 쏟을 것이다. 가능성이 없는 곳에 에너지를 쏟으면 나무도 힘들다는 걸 알지만, 그럼에도 과일 농사를 하는 주체의 입장에서는 안타까움에 속이 터진다. 시인은 「장갑의 힘」을 통해서도 감귤 농사의 고초를 풀어내고 있다. 감귤나무에 달라붙어 기생하는 깍지벌레나 명주달팽이가 독한 농약에도 죽지 않고 지독하게 살아남는다는 내용을 묘사하며 감귤 농사에 대한 구체적인 애로사항이나 고충을 전하며 농부의 애달픈 노고의 현장을 상징적으로 보여준다.

5.

> 서귀포 치유의숲에 농인들이 모였다
> 해먹 체험 앞두고 막대기 스트레칭 시간
> 옴맘마 아파파파파 동시다발로 터진다
>
> 몇십 년 갇혀있다 터져 나온 소리인지
> 분명 아프다면서 활짝 핀 저 웃음꽃
> 손말도 입말도 아닌 즐거운 비명 같은
>
> ─「몸말」 전문

'즐거운 비명悲鳴'이라는 역설적 표현은 그야말로 슬픔 속 울림을 나타내는 말로, 살아 있다는 방증이면서도 고통이어서 그저 안타까운 상황으로 이해된다. "서귀포 치유의 숲"에 모인 농인聾人들이 해먹 체험을 앞두고 막대기 스트래칭을 한다. 그들의 입에서 동시에 터지는 "옴맘마 아파파파파" 소리는 그들의 정서 표현의 언어다. 밖으로 자유롭게 내뱉지 못해 "몇십 년 갇혀있다 터져 나온 소리인지" 그들은 "분명 아프다면서"도 웃음꽃을 활짝 피운다. 시인은 "손말도 입말도 아닌 즐거운 비명 같은" 그 소리들을 고스란히 받아 적는다. 농인들의 몸말을 통해 시인은 우리가 소통하는 마음만 있으면 얼마든지 소통이 될 수 있음을 알리는 듯하다. 말을 할 수 있다고 하여 다 소통이 되는 것이 아니며, 말을 하지 않아도 소통이 가능하다는 것을 보여준다. 진정한 소통은 이심전심以心傳心으로 마음에서 마음으로 주고받는 것이기 때문이다. 언어는 소통의 수단이지 소통의 본질은 아니다. 로마시대부터 말 잘하는 사람이 훌륭한 사람이 아니라 훌륭한 품성을 갖춘 사람이 말을 잘하는 것이라 했다. 이 말은 품성과 말의 관계에서 품성을 우선시하는 관점으로, 말보다 먼저 도덕적이고 윤리적인 태도(품성)를 갖추어야 한다는 것을 의미하지만, 그 이면에는 입말이 전부가 아니라는 의미가 담겨 있다. 서귀포 치유의 숲에 모인 농인들의 모습을 가슴으로 느낀 문순자 시인의 마음이 따뜻하게 공유되는 시다.

더불어 이 시는 문순자 시인이 추구하는 삶의 방식과 지향점을 반영하고 있는 듯하다. 세상에 대한 소통은 자기를 먼저 알아야 가능하다. 이 말을 거꾸로 하면 자기를 모르면 소통이 어렵다는 의미가 된다. 진정한 소통에는 배려와 존중이 전제되어야 한다. 헤아릴 수 없는 희생자를 낳았던 제주의 4·3도, 인간 중심적으로 자연을 도구화하는 사회도 배려와 존중이 제거된 소통 부재의 결과다. 선거철만 되면 지키지도 못할 공약으로 주민들의 환심을 사려는 위정자들의 소통 창구는 어디 있는가. 문순자 시인은 '구슬 거울'을 통해 자아 찾기를 시도하며 때로는 유턴이 필요한 삶이 안정적임을 역설한다. 모든 재앙과 사고는 인간의 탐욕과 무지 그리고 성급함이 만들어 낸 결과일 수 있다는 반성과 성찰을 이끌어내는 것이다. 그래서 문순자 시인은 "수능시험 망쳐도/ 한 해 농사 망쳐도// 더 이상 '죽었다'는 말 함부로"(「부안 백합죽」) 하지 말기를 다짐하고 요구한다. 그러면 "감귤꽃 향기에 취해 벌렁 드러눕는 봄날"(「감귤꽃 필 무렵」)이 오지 않겠는가? "죄 없이 떨어진 벚꽃"(「고사리장마」)의 안부를 물을 수 있는 힘은 세상에 대한 배려와 존중, 사랑에서 나온다는 것을 문순자 시인은 자연의 흐름 속에서 일깨워 주고 있는 것이다.